RANCHO DINOSAURIO

¡LÍO DE TIRANOSAURIOS!

EPISODIO ADAPTADO POR **KIARA VALDEZ**

Originally published in English as *Dino Ranch: T-rex Trouble!*

DINO RANCH and all related trademarks and characters © 2022 Boat Rocker Media.

Translation copyright © 2023 by Scholastic Inc.

ISBN 978-1-338-87416-7

10 9 8 7 6 5 4 3 2 1   23 24 25 26 27

Printed in the U.S.A.   40

First Spanish printing 2023

Book design by **Salena Mahina**

SCHOLASTIC INC.

Es otro día ajetreado en el Rancho Dinosaurio. Jon, Miguel y Min galopan emocionados por el llano en una misión importante.

Los rancheros saben que responder a cualquier llamado de auxilio es parte de su trabajo, aunque tengan prisa.

De repente, escuchan un grito que se oye por todo el llano.

—Sooo, Trébol. ¿Escuchaste eso? —dice Min, deteniendo la marcha.

—¡Socorro! —se escucha otra vez el grito, que
proviene de la colina que tienen en frente.
—¡Rancheros, al galope! —grita Jon.
Todos galopan hacia la colina.

Al llegar, ven que los que pedían ayuda eran los Cuernofalsos. ¡Se trata de una broma de mal gusto!

—Ja, ja, ¡nos hicimos los heridos y ustedes se lo creyeron! —dice Clara.

—Si no les importa, debemos marcharnos —dice Min—. Un tiranosaurio acaba de poner sus huevos cerca de aquí y debemos asegurarnos de que no corran peligro.

—Vamos, rancheros. Tenemos trabajo que hacer —dice Jon.

En cuanto se marchan los rancheros, los Cuernofalsos maquinan un plan.

—Si nos hacemos con uno de esos huevos podríamos tener nuestro propio tiranosaurio —dice Clara, y todos corren a montarse en sus raptores—. Cuernofalsos, al galope. ¡A robar un huevo de tiranosaurio!

Luego de asegurarse de que los huevos están a salvo, los rancheros escuchan otro grito.

—¡Un tiranosaurio enorme está persiguiendo a Clara y a Ike! —grita Ogie Cuernofalso.

Los rancheros salen al rescate, pero no ven a nadie.

—Apuesto a que es otra de sus trampas —dice Jon.

¡Mientras los rancheros están entretenidos, los Cuernofalsos hacen de las suyas! ¡Se están robando un huevo de tiranosaurio duro y apestoso!

—¡Suelten ese huevo! —grita Jon.

¡Min, preocupada, le recuerda que dentro tiene un bebé de tiranosaurio!

—¡Pero suéltenlo con cuidado! —dice Jon.

—Ustedes los rancheros son tan fáciles de engañar —dice Clara riendo.

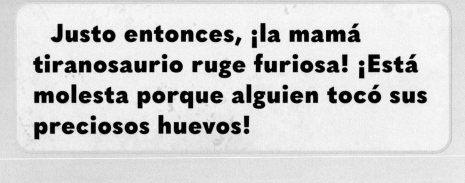

Justo entonces, ¡la mamá tiranosaurio ruge furiosa! ¡Está molesta porque alguien tocó sus preciosos huevos!

Los Cuernofalsos se mandan a correr, pero antes vuelven a engañar a los rancheros. ¡Se llevan el huevo y en su lugar dejan una piedra! La mamá tiranosaurio sigue el rastro del huevo.

¡Los rancheros deben detener a los Cuernofalsos y rescatar el huevo antes que la mamá tiranosaurio los alcance! Con la ayuda del olfato de Trébol, hallan a los Cuernofalsos en un desfiladero.

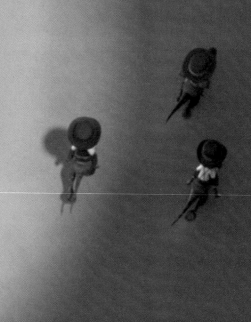

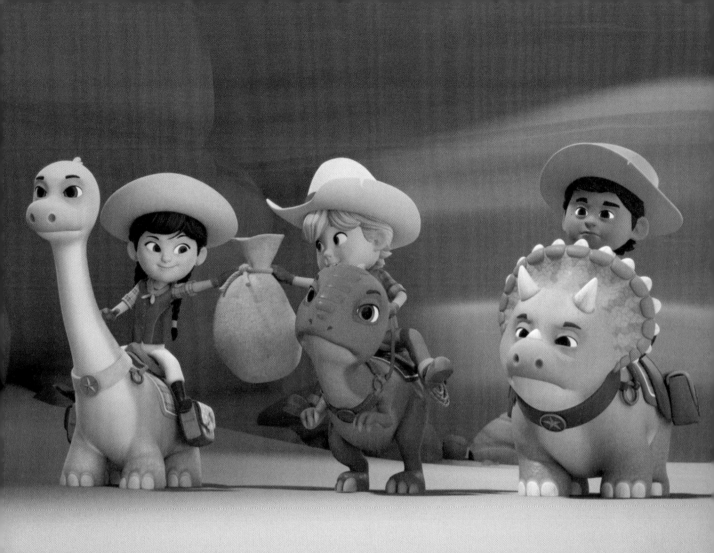

Al final de la persecución, los rancheros se las agencian para quitarles el huevo a los Cuernofalsos.
—Este huevo pertenece a su madre —dice Jon, dándoselo con cuidado a Min.

Los rancheros se marchan para llevar el huevo a su nido, dejando a los derrotados Cuernofalsos en el desfiladero.

En ese momento aparece la enojada mamá tiranosaurio. ¡Piensa que ellos todavía tienen el huevo!

—¿Cómo distingue el olor de su huevo? —pregunta Ogie.

—Es una mamá, ¡y el olfato de una mamá nunca se equivoca! —dice Clara.

Los Cuernofalsos comienzan a gritar desesperados.

**Los Cuernofalsos se ocultan en una cueva, pero
¡ahora están atrapados! La mamá tiranosaurio
espera a la salida de la cueva.**

—¿Dónde están esos rancheros? —grita Ogie.

**—¡No van a venir! —gime Clara—. ¡Seguro piensan
que estamos fingiendo!**

Pero los rancheros vienen al rescate porque responder cualquier llamado de auxilio es más importante que ser engañados. Y no se equivocan esta vez, ¡los Cuernofalsos están en problemas! Jon trata de convencer a la mamá tiranosaurio, pero ella sigue golpeando la entrada de la cueva con la cabeza.

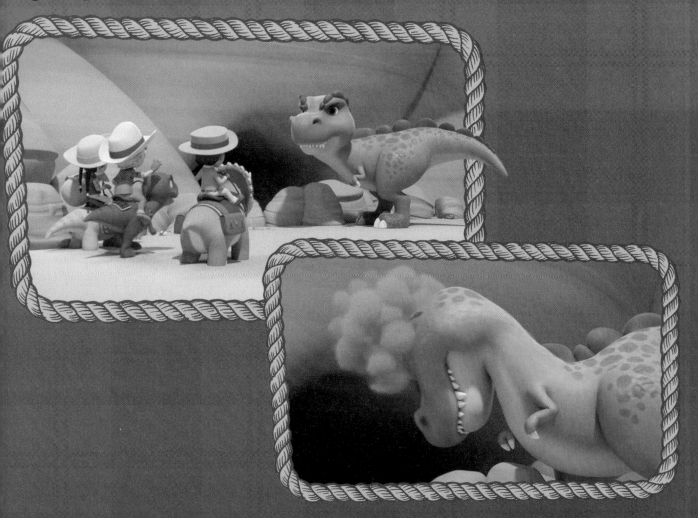

—Olvídalo... ¡quiere atrapar a los Cuernofalsos!
—dice Miguel, preocupado.

—No es cierto. Ella solo quiere que le devuelvan el huevo —explica Min, montando sobre Trébol.

—¡Por aquí! —grita Min, poniendo el huevo de prisa frente a la mamá tiranosaurio—. Debes de estar muy preocupada, pero tu huevo está sano y salvo.

La tiranosaurio se acerca lentamente al huevo.

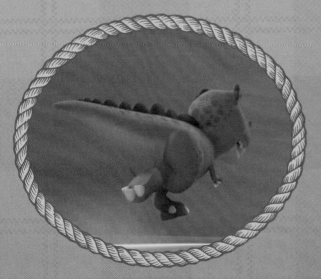

Lo huele y se va corriendo muy contenta con él.

—¡Por poco nos atrapa! —dice Ogie.

—Menos mal que no metieron la pata, rancheros —dice Ike.

Los Cuernofalsos se sienten agradecidos.

—De... nada —responde Jon sorprendido.

—Pero no hagan más trampas, ¿oyeron? —dice Min mientras guía a los rancheros a casa a cenar.

Así termina otra jornada en el Rancho Dinosaurio.
Aun cuando los rancheros a veces duden de sí
mismos, se mantienen fieles a su lema: ¡Siempre
responder a un llamado de auxilio!